句集

枯蓮

karehachisu

園部知宏

文學の森

句集　枯蓮――目次

装丁　文學の森装幀室

句集

枯蓮

かれはちす

天窓の月

平成二十二年

宇治橋の衛士に御慶の幼かな

破船より猫の鳴き声寒に入る

初漁の波止に響ける手締めかな

一山の衆生に降れり雪真白

山門にバスを待つ間の雪時雨

棟上げの幣に眩しき雪の華

護摩壇の焔に解くる滝氷柱

正座して足袋裏白き塗師の黙

笹鳴や閼伽小屋に引く水の音

風花を両手に受くる一輪車

凍蝶の翅畳みゐる弥陀の御掌

野仏の二体に迫る野火の尖

畦焼の焰に吠ゆる谷戸の犬

蘆の芽や水車高鳴る汽水池

大地踏む嬰児の一歩蕗の薹

強東風の沖を見据ゑる竜馬像

懐紙守る王子が宮の梅真白

列車より短きホーム山笑ふ

薦はづし樹木医の診る城の松

農具まで棚に吊りあり種物屋

庭下駄の赤き鼻緒に蝶止まる

道化師の顔して戻る恋の猫

夕映えの蛇塚蹴立つる猫の恋

水神を祀る山辺の花馬酔木

妖精の出さうな森の杉花粉

紙雛を飾る任地の仮住まひ

春苑や原色のみの園児の絵

樹の洞の地蔵艶めく春の雨

高野まで登り切つたる桜狩

釣宿に魚拓の増ゆる桜どき

手料理を褒め合ふ主婦の花筵

桜咲く母校に今も土俵あり

花時の女医のピアスは赤珊瑚

満開の花に艶めく神馬かな

屋根赤きチャペルや島の玉椿

花屑を付けて転舵の手漕ぎ舟

風光る島への渡し混み合へり

離れより妻の詩吟や春の月

薬缶もて甘茶振る舞ふ尼御前

碁敵の奇手に光りて春の雷

春風や加太の門高く鳶舞へり

春潮の引きたる島を一巡り

水揚げの河岸に躍れる桜鯛

亀鳴くや母の遺せる旅鞄

塚を守る馬賊の埴輪霾ぐもり

飼葉食む馬の目細き目借時

海蝕の峨々たる巌に緑立つ
緑立つ宮に野点の傘朱し

武具飾る梲の古き宿場町

海金剛洗ふ卯浪の潮けぶり

故人より届く鎮守の祭寄付

燦然と白き帆抱く朱夏の海

物の怪を吐き継ぐ宮の青葉木菟

竹刀振る少女が庭の杜若

緑さす梛も千代なる大社かな

峰雲に向け槍投げの鋭き刃先

黒南風や沖を見据ゑる憤怒仏

水口に注連のやうなる蛇の衣

水口の小鮒をつつく梅雨鴉

畦草を蛇てらてらと遁走す

白き帆の見ゆる湖国の青田原

酒呷り祭太鼓の乱れ打ち

天窓の月摑みたる守宮かな

渡船より島へ降り立つ捕虫網

慰霊碑の傍に玉解く芭蕉かな

河岸暑し岩塩舐むる野犬かな

夕日よりトマト大きく園児の絵

飛行士を夢見る男の子雲の峰

廃坑へ続く鉄路の草いきれ

百畳の坊に雑魚寝の夏期講座

手拍子の渦に迷へる西瓜割

磨かるる河馬の歯白し炎天下

日盛の阿蘇の赤牛隠れなし

渓流の岩屋抜けくる涼気かな

婚の儀の華燭に溶くる花氷

骨のみの恐竜仰ぐ洞涼し

加太の門を鵤群れ飛ぶ漁日和

神鶏の尾長も萎ゆる残暑かな

山雨去りあきつの睦む石舞台

稲の花野川の鮒も太りけり

川音の絶えなき里や稲の花

暮れ泥む山路に蕎麦の花明り

鎌を持つ仕草きびきび風の盆

山霧に紛るる熔岩の噴気孔

古民家のパン工房や小鳥来る

稲刈の音に舞ひくる野鳩かな

秋天へ太極拳の手のしなふ

天高しだんじりを撮る飛行船

城濠の亀も浮きくる望の夜

落柿舎の投句箱にも小鳥来る

紺碧の空へ棚田の曼珠沙華

字ぢゅうの人より多き案山子かな

灯台のペンキ塗り替ふ島の秋

赤き実の農家を移る鵯の声

野菊咲く老医ひとりの診療所

剣のごと藤の実垂るる武家屋敷

御捻りを傘もて受くる村芝居

捥ぎ方を褒めて賜る柿二つ

山家みな道なりに干す柿簾

小鷹てふ網が修羅場の下り鮎

ポン菓子の音懐かしき里の秋

錦秋の綺羅を極むる金閣寺

洛中を見下ろす寺の夕紅葉

野仏と知らで叩くや石たたき

白骨の珊瑚身に入む化石館

沖に泊つ船みな黒き今朝の冬

魚を捕る石火の如き鶚かな

巌頭の飛沫蹴立つる夕千鳥

戦乱の絵巻の如き枯蓮

川原湯に憩へる冬の遍路かな

蔵中に塩じめりせる茎の桶

冬蜂のたまゆら遊ぶ山日和

冬ぬくし河馬に欠伸を貰ひけり

峰ひとつ隠す棚田の懸大根

朝礼を待つ工事場の大焚火

両手もて赤子の叩く柚湯かな

沖に泊つ華燭の船も聖夜なる

冬ざれや野犬の吠ゆる貯木場

煤逃にあらず釣師と申しけり

知恵の輪

平成二十三年

笹舟を嬰と浮かべて初湯かな

破魔矢挿す梁黒き醬油蔵

四日はや塔婆を作る木工所

竹刀もて摺り足揃ふ初稽古

白樺の梢積む富士の湖畔宿

蛸壺の乾びし波止の虎落笛

上りゆく百の鳥居の雪明り

園児みな乾布摩擦の寒九かな

雪の日も高野へ来たる魚売り

足袋白し姿勢正しく女流棋士

寒晴の川に逆立つ紀州富士

母の忌や雲居に隠る寒の月

魞に積むみ雪眩しき余呉の湖
合掌の声引き絞る寒垢離女

要塞のありたる岬の水仙花

探梅の涯に憩へる露天風呂

豆撒の園児をはやす鸚鵡かな

畦焼の誤報に来たる消防車

落人の里へいざなふ野梅かな

磐座の注連伝ひくる雪解水

春風の土手に競へり竹とんぼ
人の世は寄り道多し蜷の道

昨夜時化て磯一面の若布刈

雛飾る格子戸古き塗師の町

立上がる仔牛眩しき春の月

水車場に轍あつまる木の芽時

夕映えの堰に乱舞の上り鮎

ミモザ咲く島に一つの天主堂

畑を打つ異国育ちの嫁御かな

農具屋の裏まで借りる植木市

津波禍の波止に戻り来春鷗

羅漢みな里向き笑まふ花の山

加太の門に汽笛響かふ朝霞

天守までジャズ音響く花の昼

柳絮舞ふ大極殿の空真青

塔に飛花羅漢に落花頻りなる

囀や迷子守りゐる巫女溜り

菜の花の砂州へ不時着熱気球

寄書きの文字も羽搏く卒業期

臨月の牛の瞳うるむ朧かな

朧夜の波止に防災無線基地
干満に揺らぐ磯巾着の花

山吹や戦火のありし城の石

労働祭復興ねがふ檄掲げ

鬼役の父に泣かされ祭稚児
緑さす宮に丹塗りの太柱

磐座を縁取る著莪の花明り

マネキンの小麦色なる街薄暑

水軍の裔住む島の花蜜柑

石楠花や夕日に燃ゆる峠茶屋

朽ちゆきし島の兵舎や蛇苺

丑三つの星も清かに青葉木菟

一天にひらく泰山木の花
今年また水口に会ふ青大将

河鹿鳴く峡瀬の淵の磨崖仏

陰々と柿の花散る鬼門かな

眼の蓋の濡れし儘なる蛇の衣

四葩咲く城に二つの隠し井戸

葭切や水禍のありし河川敷

夜雨降る酒場小路の七変化

軽鳧の子の田川を渡る朝日影

父の日の父より大き靴並ぶ

兜虫飼ふ小児科の待合所
でで虫の角出す先に閻魔堂

噴水にコイン投げ入る異人客

城濠の影に水脈引く鴛鴦涼し

民宿の仔山羊草食む青岬

日矢を背に一身白き滝行女

腹這ひて喘ぐ鮒の子田水沸く

一山の翠微にのぼる雲の峰

白崎の岩より白き浜万年青
沖を走す船みな白き日の盛

地震とは関りもなく蟻地獄

船渡御の潜る八百八橋かな

貫禄の妊婦茅の輪を潜りけり

百畳の揮毫一字の堂涼し

炎帝にあらがふ象の水飛沫

被爆者の句集ひもとく夜の秋

髭面の校医と分かるパナマ帽

地獄絵の龍も鎮もる施餓鬼寺

カンナ燃ゆ岬に少年兵の墓碑

小夜更けて地唄艶めく盆踊

稲妻や里田見下ろす山の神

鈴虫を聴かせる地下の喫茶店

濡れ縁の頃懐かしむ衣被

犬連れの釣人もゐて鯊日和

燧灘眼は日輪のいわし雲

雲一つなき野分後の熊野灘

銀河濃し島に灯の点く滑走路

爽籟や髪たをやかに女性騎手

待宵や塵一つなき能舞台

船戻る水脈に崩るる月明り

稲架高く火の見櫓を隠しけり

春日野の名代の蕎麦屋小鳥来る

焼討ちに遭ひし寺領の破蓮

棚田より天翔るごと稲架の馬

名月や己が影打つ竹刀の子
賞を得て柿の盆栽いと朱し

里の子の立ち替り引く鳴子縄

月明の天を焦がして高炉の火

空海の山にたまはる柿膾
菊の香の宮に響けり献詠歌

河原湯に仰ぐ熊野の薄紅葉

日の綺羅を弾く湖畔の紅葉鮒

空襲に遭ひし城下の櫨紅葉

小路まで琴の音洩るる菊月夜

米倉の引戸重たき初時雨

縄文の土器出づ塚の帰り花

復興の祈願絵馬打つ神渡し

逆さ富士崩し水脈引く湖の鴨

冬木みな剣となりたる奥高野

二つ三つ梵字教はり大根焚

よき歯朶を刈らむと獣道に入る

知恵の輪の解けぬ形に枯蓮

鳶颯と磯の魚捕る開戦日

招き猫置きゐる書肆や漱石忌

朱の門の龍虎浮き出づ煤払

年の夜の星澄み渡る樹海かな

稲の花

平成二十四年

初富士の裾黒々と牛群るる

恙なく初日浴びゐる巡視船

一筆の飛龍食み出す賀状かな

傷絶えぬ餓鬼大将の喧嘩独楽

神の井を鏡としたる春着の子

雪晴の田の面眩しき湖国かな

樹の洞の墓標埋むる雪二尺

寒鴉啼く被爆ドームの屋台骨

滝凍てて阿修羅の如き岩襖

霜降りて螺鈿光りの千枚田

雪晴の蔵より洩るる杜氏の唄

探梅の人とまた会ふ足湯かな

春近しベビー靴吊る蜑の家

芝焼の火の手鼓舞せる大太鼓

春寒し昼なほ暗き女人堂

暮れ泥む谷に一縷の野火明り

末黒野や注連新しき水の神

草萌や乳房張りたる牧の牛

英虞湾の礁染めたる石蓴かな

穢れなき嬰の手に触る蕗の薹

名にし負ふ醤油の町の白魚汁

初音聞く女人高野の梵字池

和歌の江の潮目に出づる白子船

蕗味噌や地酒の旨き峡の宿

蘆の芽や茶室へ渡す太鼓橋

雪吊を解きゐる僧の青つむり

馬酔木咲く水の匂ひの二月堂

千代紙に包みて分つ雛あられ

一鳶の岬にあらがふ涅槃西風

若布干す天日三日の軽さかな

鍬に鎌如雨露も販ぐ種物屋

落柿舎に日がな響けり耕運機

桜湯に口許ほぐれ婚の使者

矢板打つ護岸工事の春埃

婚の儀の宮に遣らずの春時雨

五加木摘む尼僧二人の作務畑

子雀の声の洩れくる換気孔

陽炎へる石碑一つの城址かな

東京へ発つ子に春の虹立てり

巣箱吊る分校の子の眼が涼し

仮縫ひの如く崩るる紫木蓮

渦潮に架橋の影も巻かれけり

渓流の青きを上る花うぐひ

山巓へ登り切つたる蕨狩

万葉の歌碑辺を巡る和歌祭

戛々と武将乗せくる祭馬

町川に鯉の揉み合ふ夏はじめ

むらさきの尼の法衣や桐の花

連弾の曲も滑らか新樹光

破れ舟に野茨からむ渡し跡

陽気なる農家の嫁や柿若葉

紀伊國屋発ちし浦江の花蜜柑

御田植を守る権現の八咫烏

わんさかと仔豚乳飲む麦の秋

孫の手と並ぶ納戸の蠅叩

朝まだきヘリの音高き梅雨出水

俳諧の道さまざまやなめくぢり

不夜城の如き天守やはたた神

葭切や川釣り競ふ里わらべ

休み田に子を守る梟の猛々し

老鶯や奇岩の多き水飲み場

赴任地の思ひ出詰まる夏帽子

機関車の音懐かしき青野かな

葭簀より音の洩れくる町工場

慰霊碑の箒目しるき蟬の穴

梧桐や帰港待ちゐる漁夫の妻

蔦茂る海辺の臨時停車駅

虹立つや那智も奥なる原始林

風鈴や出窓の白き美容院

屋号さへ褪せたる店の渋団扇

空室の目立つ官舎の草いきれ

魚河岸に鴉鳴かざる油照り

はつきりと物言ふ嫁や新生姜

甍より軍鶏翔たしむる青嵐

敵将を見据ゑる如き蟇の面

船虫や荒れ放題の基地の跡

暁闇の沖に一縷の鯖火かな

聖樹にも似たる螢の乱舞かな

蘆茂る石組青き堀の橋

螢火や双子にちがふ艶黒子

瓢咲く酒場小路の宵明り

産院の窓辺に咲ける花ざくろ

満目の湖に寄せくる青田波
朱の塔を仰ぐ寺領の蓮白し

海の日に高野へ参る天の邪鬼

浜木綿や波止に船待つ白浄衣

田廻りを終へし朝餉の冷奴

ごきぶりを敵機の如く叩きけり

夏菊の白さ際立つ学徒の碑

清姫の墓碑建つ古道風死せり

折鶴を万と捧ぐる原爆忌

英米の大使も来たる原爆忌

かなかなや微動だにせぬ力石

飛び切りの茄子もて作る迎馬

野良着みな乾き切つたる盆休

婿養子つづく家系や稲の花

基地跡の浜に精霊ばつた跳ぶ

捨舟に朝顔からむ渡し跡

千年の杉の秀透かす天の川

漁火の一つとなれり夜這星

鈴虫や日毎灯の点く合唱部

水口の亀の見上ぐる稲の花

秋高し天守の上を飛行船

少年の女形に酔へり村歌舞伎

露結ぶ女人高野の石畳

貯水池へ道消えがちに真葛原

田園の真中のパン屋小鳥来る

稲架高く影に隠るる道祖神

野地蔵の礎石を巡る穴惑

色鳥の色こぼしたる池面かな

秋霖や夜半に灯の点く造船所

鬼太郎の案山子も並ぶ村起し

コスモスや一日二便の滑走路

紀の国の民話に眈り秋灯下

色鳥や城に増えたる異人客

冷まじや衝立白き自刃の間

雁渡しダムに流木吹き溜る
舞ふ巫女の簪ひかる豊の秋

敗荷を宇宙人てふ児童の絵

葛掘とはつきり分かる頭陀袋

燦爛と紅葉且つ散る蛇腹道

絵硝子に冬日眩しくマリア像

婚の儀の客も微笑む七五三

根上りの松麗しき七五三

盛塩を溶かす小路の夕時雨

田梟舞ひ日矢燦々と朱雀門

冬の蠅仔豚の背を離れざる

乗合の船にぎはしき城小春

さつと鳶ねずみ捕りたる大冬田

猪肉を炙り酒酌む窯の番

蔦枯るる蛻の殻の弾薬庫

大根干す島に一つの診療所

僧兵の在りし寺領の枯蓮

仙人の出さうな岨の枯尾花

笹子鳴く火入れ最中の素焼窯

賑はひに亀の浮きくる終大師

年の尾の招き猫拭く茶屋女将

あとがき

本集は『野火』につぐ第二句集です。平成二十二年から二十四年までの三七四句を収録しました。

平素より、四季の移ろいを感じる句をと心掛けてはいますが、なかなか難しいものです。三年間という歳月はあっと言う間でした。養母が逝き、また孫三人がそれぞれに成長し、教わることも増えました。

その間、息抜きといえば歌人の方に叱られますが、月に数首程度は短歌を作っています。その短歌で平成二十三年、明治神宮秋の大

祭を奉祝する献詠短歌大会で特選を賜り、私の歌、

千古より涸るることなき那智の滝
　　今も二百戸の発電なせり

が本殿に朗詠されました。これも偏に、俳句の吟行の御蔭であると思っています。すべては「星雲」の皆様方の叱咤激励の賜物と信じています。

なお、出版に際し尽力いただきました「文學の森」の皆様に厚く御礼申し上げます。

平成二十七年一月

園部知宏

著者略歴

園部知宏（そのべ・ともひろ）

昭和19年２月　和歌山県那賀郡岩出町に生まれる
昭和37年３月　和歌山県立和歌山商業高等学校卒業
昭和37年４月　日綿実業株式会社に入社
平成20年８月　「星雲」入会
平成22年１月　第２回「星雲」新人賞受賞
平成22年２月　「星雲」昴星集同人
平成23年５月　俳人協会会員
平成24年２月　第５回「星雲」昴星賞受賞
　　　　　　　「星雲」天星集同人
　　　　　　　第１句集『野火』刊行
平成24年４月　「玉梓」入会
平成26年10月　「玉梓」同人

現住所　〒640-8483　和歌山市園部802
TEL&FAX　073-461-0629

句集

枯《かれ》蓮《はちす》

発　行　平成二十七年二月二十一日
著　者　園部知宏
発行者　大山基利
発行所　株式会社　文學の森
〒一六九-〇〇七五
東京都新宿区高田馬場二-一-二　田島ビル八階
tel 03-5292-9188　fax 03-5292-9199
e-mail mori@bungak.com
ホームページ http://www.bungak.com
印刷・製本　竹田　登

ISBN978-4-86438-401-8　C0092